U0006785

文、圖 / 張梓鈞

主編 / 胡琇雅

行銷企畫 / 倪瑞廷

美術編輯 / xixi

董事長 / 趙政岷

第五編輯部總監 / 梁芳春

出版者 / 時報文化出版企業股份有限公司

　　　　108019 台北市和平西路三段 240 號七樓

發行專線 / (02)2306-6842

讀者服務專線 /0800-231-705、(02)2304-7103

讀者服務傳真 / (02)2304-6858

郵撥 /1934-4724 時報文化出版公司

信箱 /10899 臺北華江橋郵局第 99 信箱

統一編號 /01405937

copyright © 2021 by China Times Publishing Company

時報悅讀網 /www.readingtimes.com.tw

法律顧問 / 理律法律事務所 陳長文律師、李念祖律師

Printed in Taiwan

初版一刷 2021 年 12 月 10 日

版權所有 翻印必究（若有破損，請寄回更換）

採環保大豆油墨印製

今天。
Today is the day

文／圖‧張梓鈞

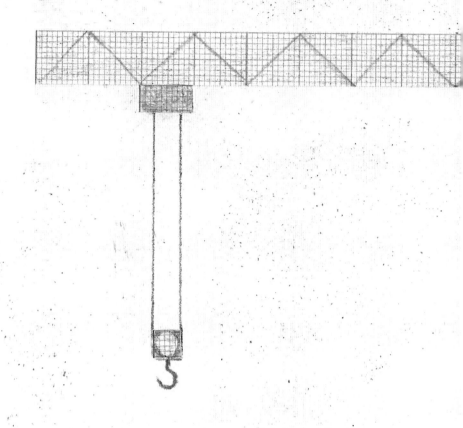

就是今天了，

我知道他們在來的路上。

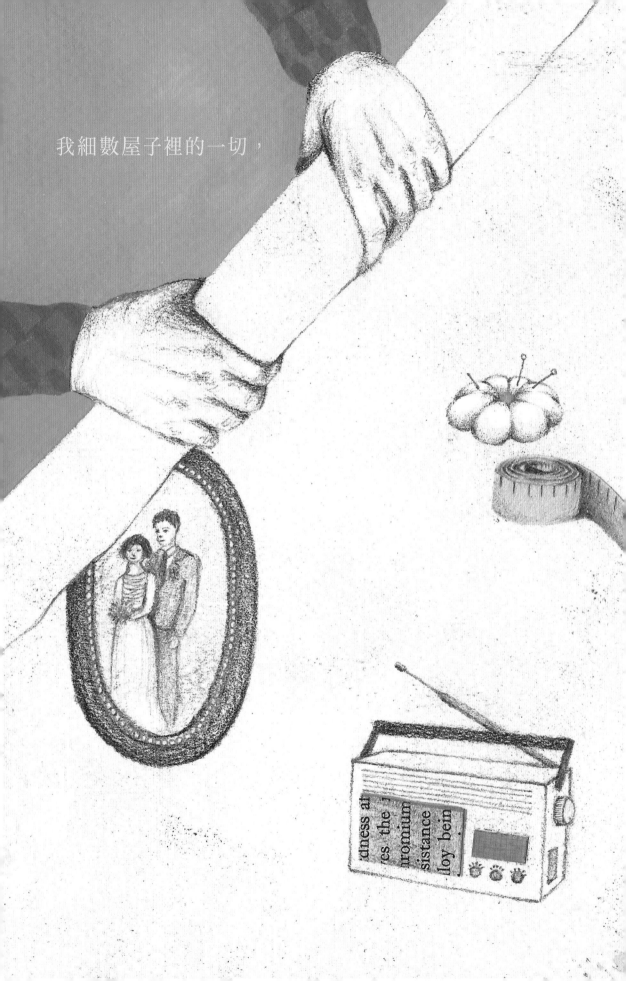

我細數屋子裡的一切，

PACKER'S
TAR SOAP

is
zinc sulphide; the radi...
...ery min...
...inous and this is used
...also in luminous gun s...
...ted inous
...or about a tenth of its ...
...in
...edical value of radium,
...urie's endeavours a...
...rper, allo
...odern
...was used
...rticles b
...stant to
...weighin
...nts.
...vat
...ntil
7.5

也把蠟菊搬到後院，讓它能與蝴蝶為伴。

我用剩餘的麵粉烤了蘋果派，

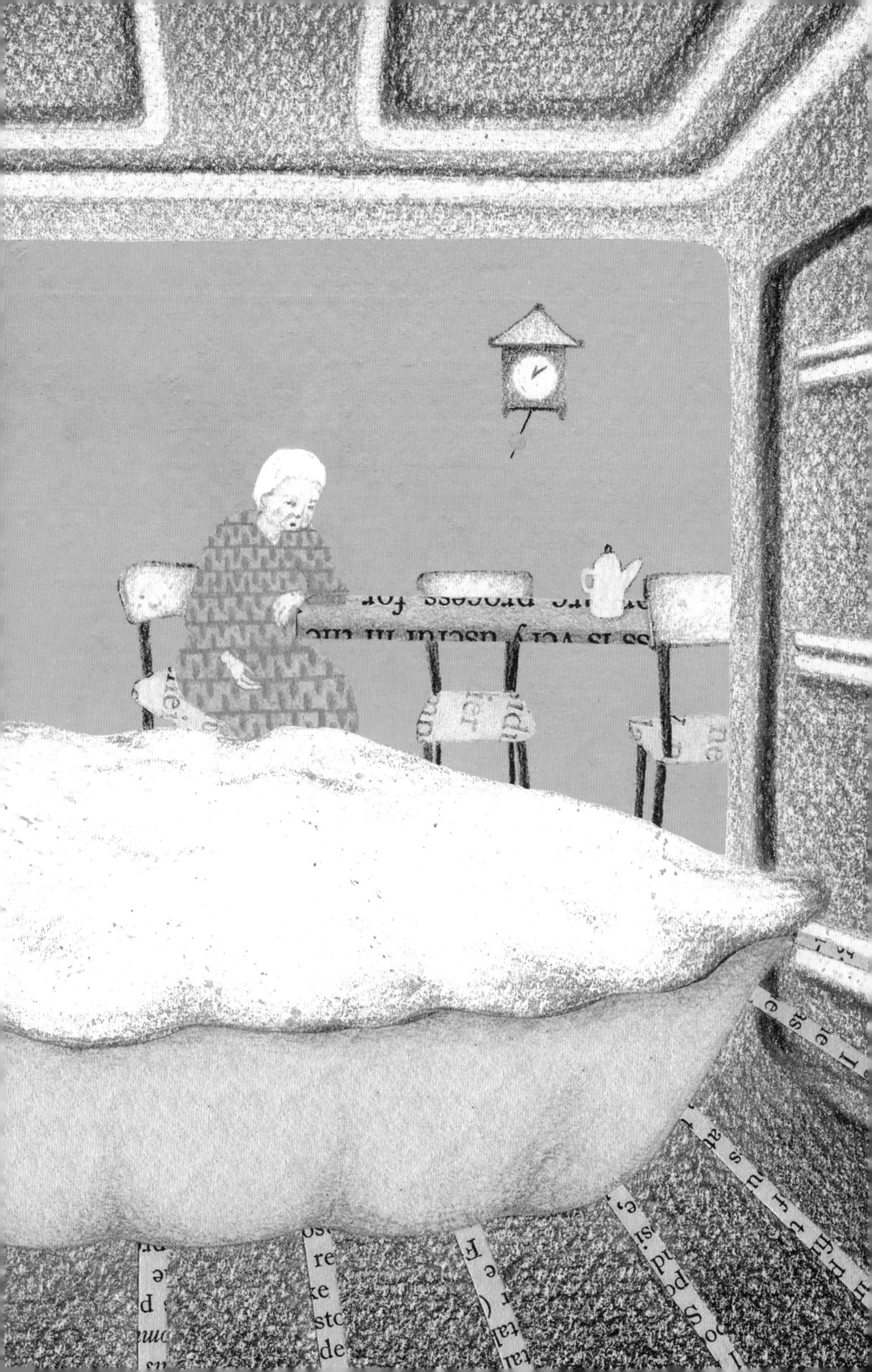

泡好茶想找老張來坐坐，

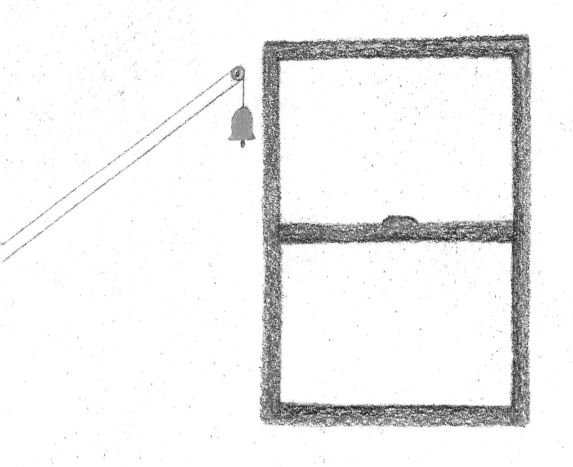

才想到他已搬到城裡更角落的角落。

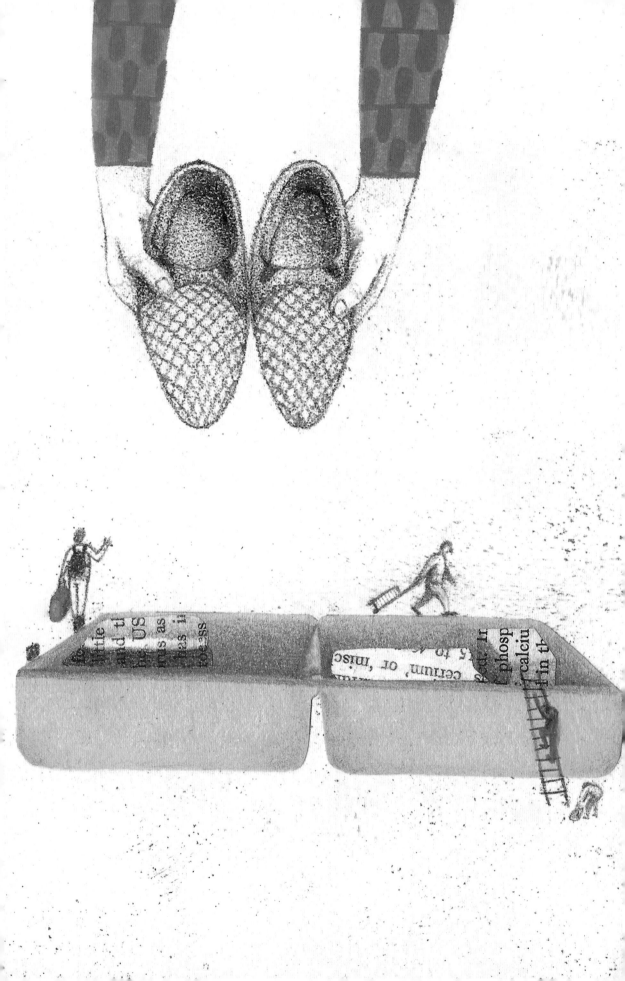

阮阿英也是，

還有小劉、

翟大哥、

莉麗、

阿蘭、

彭姊、

王家、

牛肉廖……

我記得大家還住在這裡的那些日子裡，

我們分享、我們談笑。

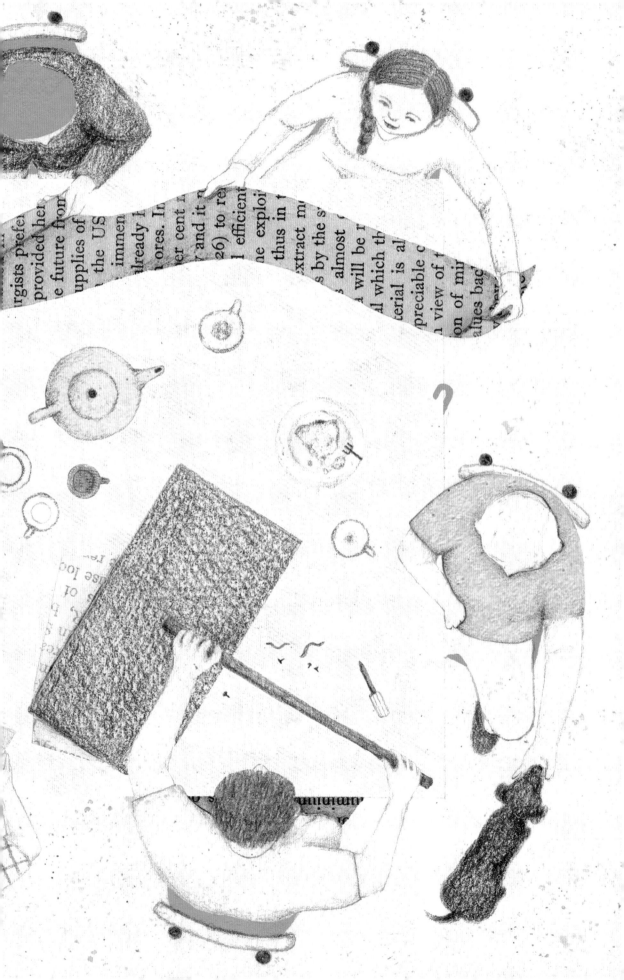

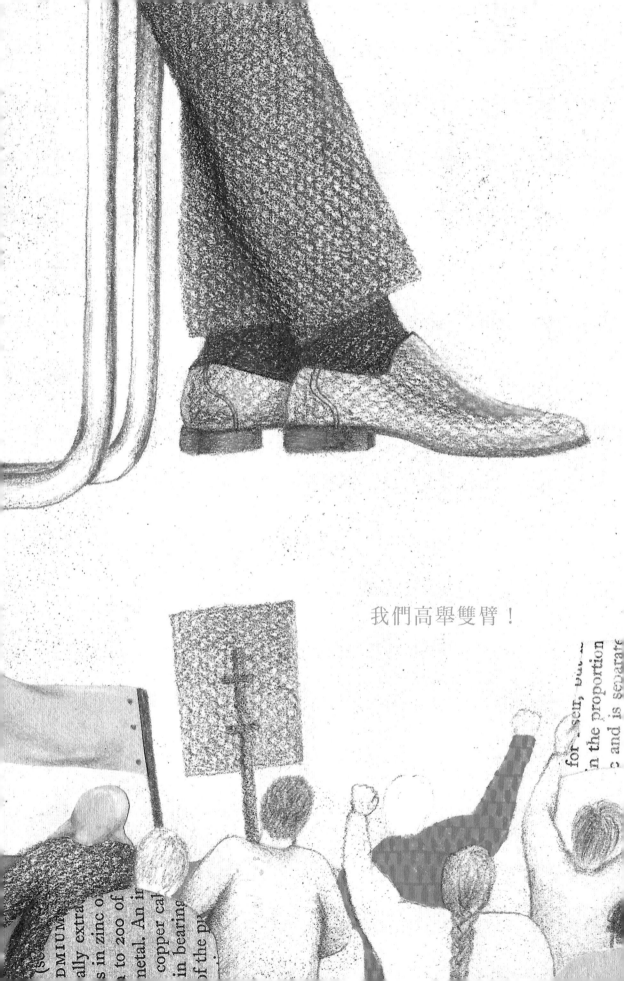

我們高舉雙臂！

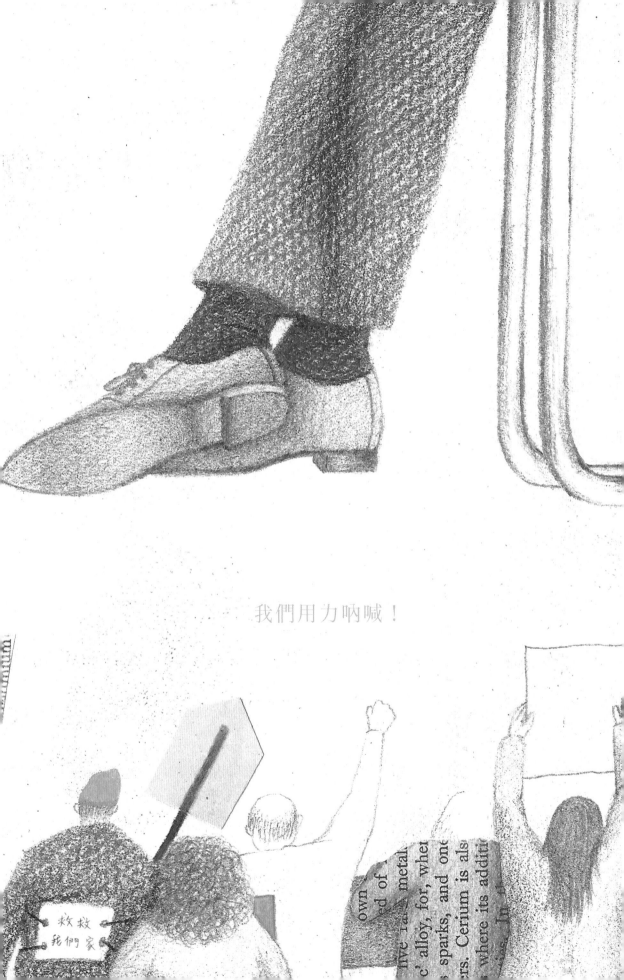

我們用力吶喊！

他們卻還是不斷地向我們靠近。

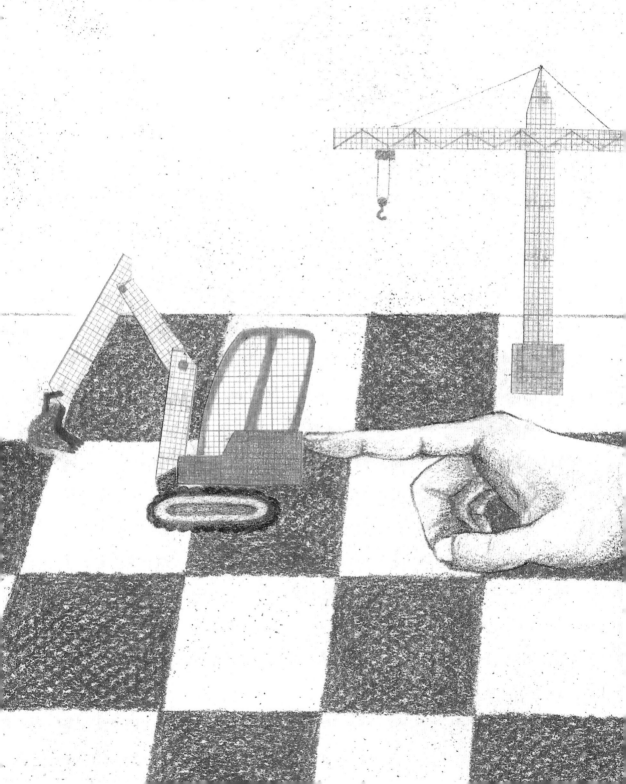

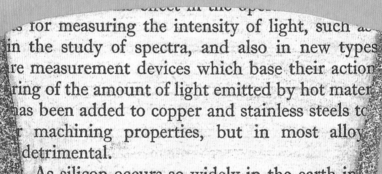

...s for measuring the intensity of light, such a...
in the study of spectra, and also in new types...
re measurement devices which base their action...
ring of the amount of light emitted by hot mater...
has been added to copper and stainless steels to...
r machining properties, but in most alloy...
detrimental.

As silicon occurs so widely in the earth in...
h other elements as sands, clays, and othe...
ot surprising that when metals such as iro...
copper are extracted from their ores, silic...
the metal as impurity. Thus when iron...

r is converted into steel, ye...
e necessary in steel, and indeed it confers...

在他們抵達之前，我還有最後一件事要做。

我愛我的家

居住正義　　　　　反強拆

它不是房子
　　它是我的家

西蒙

救救　　　　　　人人都有
我們家　　　　　居住權

「就是今天了。」我說。

是房了
它是我的家
反強拆
人人都有
居住權
家

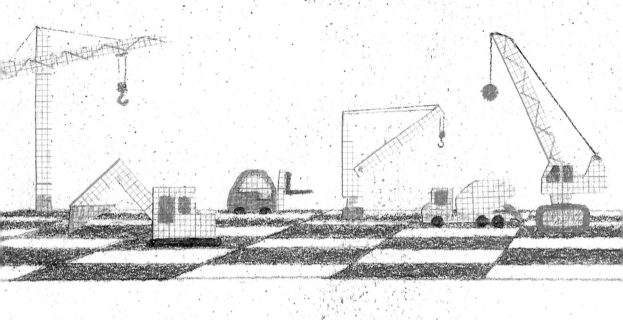

作
者
的
話
：

　　2018 年末，我在英國研究所第一學期的課程裡，想著要做一本跟城市建築的凌亂之美有關的書，當時在街上畫了許多建造中的房子還有施工現場，卻苦找不著故事的核心。於是，我開始思考為什麼自己會喜歡那些許多人眼裡老舊、醜陋的房子，才發現真正吸引我的是生活在裡頭的人們。他們把各自的生命延伸到建築物上，像是窗邊的貼紙，或是廢物利用而成的花器和色號不同的油漆，這些微小的生活痕跡乍看凌亂沒有秩序，卻成了賦予鋼筋水泥不同個性的驚喜。

　　因此，我把焦點從建物移到人身上，並在查資料的過程中看見 **Enid Jones** 的故事，這位威爾斯 58 歲的獨居奶奶與英國超市巨頭抗爭未果，房子被強拆來建造超市倉庫。我循著這個報導找到更多英美各地 **gentrification**（仕紳化）的相關事件，再從這些故事想到台灣的居住正義議題，以及自己在大一時和同學為了紀錄片拍攝作業親身參與過的台北華光社區拆遷事件。

於是我心想：如果今天自己居住一輩子的家就要被拆除，我會怎麼度過這一天？

—

在這些搜尋到的資料中，拆除方和被拆物都不盡相同，但共同點是每個事件裡的抗爭者們都將那棟要被拆除的建築視為他們的家。這個「家」不僅僅是睡覺吃飯的地方，它可以是每日工作的市場、社區居民聯繫情誼的空間，抑或是橫跨好幾世代的活歷史。

—

「家」是什麼？對我而言，哪裡讓我有歸屬感、有我喜歡且珍惜的人事物存在，那裡就能稱作家。

—

我不認為百年老宅就比十年新屋值得被保存，事物的價值從來就不該用數字來定義，更不是靠比較而來的，新舊都有它可以被珍惜之處。而城市的發展勢必會改變某些地區的樣貌，總有某些土地和房子會被挪為他用，重點是我們要如何對待生活在其中的人事物。如同許多抗爭者說的，他們並非反對建設，而是對拆除的手段不滿，對自己的聲音從未被聆聽而憤怒。

—

若能明白土地和建築不是沒有生命的物品，而是人們生命的一部分，我們就能用富有溫度的眼光去看待之，並以更溫柔的姿態去對待生活在裡頭的人們了吧！

張梓鈞